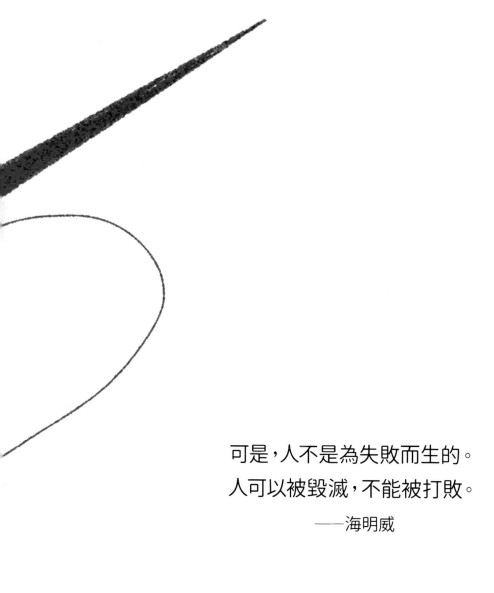

可是，人不是為失敗而生的。
人可以被毀滅，不能被打敗。

——海明威

老人與海 / 海明威(ERNEST HEMINGWAY)原著；腓德烈.柯
丁(FREDRIK COLTING), 瑪莉莎.梅迪納(MELISSA MEDINA)改寫
；江曼琪繪圖；周惠玲翻譯. -- 初版. -- 新北市：字畝文
化出版：遠足文化發行, 2019.08
　　面；　公分. -- (THINKING；40)
　　譯自：THE OLD MAN AND THE SEA
　　ISBN 978-957-8423-95-4(精裝)

874.59   108009720

Thinking **040**

老人與海 The Old Man and THE SEA

原著｜海明威 ERNEST HEMINGWAY
改寫｜腓德烈·柯丁 FREDRIK COLTING & 瑪莉莎·梅迪納 MELISSA MEDINA
繪者｜江曼琪 MAGGIE CHIANG
譯者｜周惠玲

字畝文化創意有限公司
社　　　長｜馮季眉
責任編輯｜洪　絹
編　　輯｜戴鈺娟、陳曉慈
美術設計｜洪千凡

讀書共和國出版集團
社　　　長｜郭重興
發行人兼出版總監｜曾大福
業務平臺總經理｜李雪麗
業務平臺副總經理｜李復民
實體通路協理｜林詩富
網路暨海外通路協理｜張鑫峰
特販通路協理｜陳綺瑩
印務協理｜江域平
印務主任｜李孟儒

發　　　行｜遠足文化事業股份有限公司
地　　　址｜231 新北市新店區民權路 108-2 號 9 樓
電　　　話｜(02)2218-1417
傳　　　真｜(02)8667-1065
電子信箱｜service@bookrep.com.tw
網　　　址｜www.bookrep.com.tw

法律顧問｜華洋法律事務所　蘇文生律師
印　　　刷｜中原造像股份有限公司
初版｜2019年 8 月 7 日　初版一刷
　　　　2021年10月　　初版三刷
定價｜350元
書號｜XBTH 0040
ISBN 978-957-8423-95-4

趣讀文學經典

諾貝爾文學獎名著

老人與海

The Old Man and THE SEA

原著 —— **海明威** Ernest Hemingway
改寫 —— **腓德烈・柯丁** Fredrik Colting
　　　　瑪莉莎・梅迪納 Melissa Medina
繪圖 —— **江曼琪** Maggie Chiang　翻譯 —— **周惠玲**

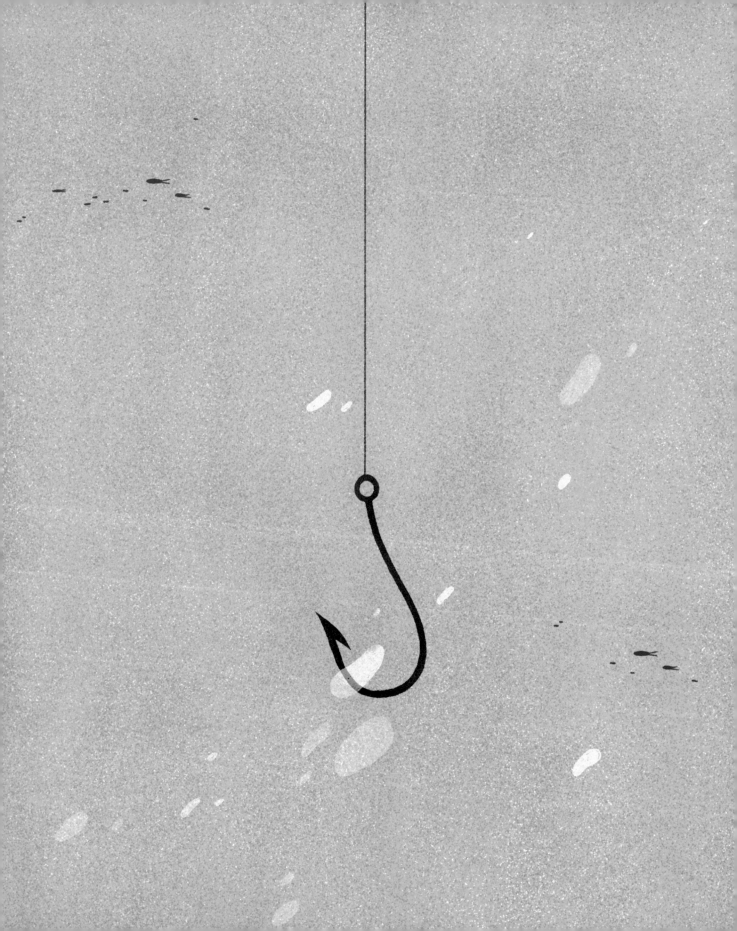

Table *of* Contents

目　　錄 ————————————————

About *the* Author
作者簡介 ──────────

厄內斯特·海明威，一八九九年出生在美國伊利諾州的橡樹園，是全世界最著名的作家之一。除了寫作，他熱愛冒險、釣魚、去非洲看犀牛，也喜歡留著滿臉大鬍子，跟他的貓咪玩！他曾到世界各地旅遊，最後在佛羅里達州和古巴島兩地定居。海明威嘗試過很多刺激的事，還把它們寫下來。他寫得實在太好了，所以在一九五四年獲得諾貝爾文學獎。你真棒，厄內斯特！

聖狄雅各是一位老漁夫，他住在古巴島上一個靠海的小漁村。每天，他都划船去海上釣魚。

可是一連八十四天，他一條魚也沒釣到。

他很難過，因為一個漁夫如果釣不到魚，那還有什麼用？

聖狄雅各有個朋友，是名叫曼諾林的小男孩。他們幾乎天天在海邊碰面，一起去釣魚。釣完魚之後，曼諾林會幫聖狄雅各收拾工具。他們會聊棒球，夢想著將來一定要釣一條很大、很大的魚。曼諾林是聖狄雅各最要好的朋友！

可是今天，曼諾林不能跟聖狄雅各一起出海。曼諾林的爸爸說，聖狄雅各的運氣用完了。其他漁夫也取笑聖狄雅各，說他已經忘記怎麼釣魚了。嘿，他們好壞！

曼諾林只能揮手道別，望著老人獨自划漁船出海，心想：「希望他今天能釣到魚。」

聖狄雅各把船划到很遠、很遠的地方，一處叫墨西哥灣流的大海中。他遇到了在黑暗中閃閃發亮的海草、會飛的魚、像大象耳朵那麼大的水母，喔，還有海鷗。很快的，他來到了四周只有海水的地方。

就在那裡，他把魚鉤和
鉛錘綁在魚線上、拋了
出去，然後等待。海水
很深，沒人知道水底下
有什麼。

過了很久，沒有任何動靜。太陽曬得聖狄雅各昏昏欲睡。暖暖的陽光照著他的後背，海浪搖晃著小船，不斷前推後拉、前推後拉的搖晃著。

聖狄雅各作起白日夢。他想起海龜，想像牠們游過海洋，又大、又強壯的心臟不停撲通撲通跳著。

聖狄雅各突然驚醒！某個東西正扯著魚線。
又動了一下！

是魚！

那條魚想逃走，聖狄雅各用盡全力握住魚
竿。可是那條魚很強悍，牠拉著整艘船和人
往海底下去。聖狄雅各心想，這一定是條非
常大的魚！

大魚把聖狄雅各往海裡拉。他自言自語：
「噢，如果曼諾林也在，就能幫我了！」但他
下定決心，絕不放手。「這是這麼久以來，第
一條上鉤的魚，我絕不放棄！」於是他將魚竿
抓得更牢，但那條魚也拖著他和小船，**朝更
深、更深的海底去。**

幾個小時後，夕陽就要落下，大魚仍然拼命拖住聖狄雅各。

他想像著，倒底是條怎樣的魚？力氣這麼大，會是海豚嗎？還是虎鯨、超大章魚？難道是鯨魚！啊不……原來是

旗魚！

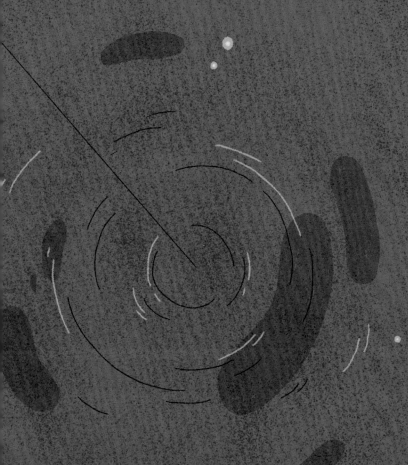

天黑了，四周變暗。聖狄雅各只能在星光和月光的照明下，吃三明治當做晚餐。可是，他仍然沒鬆手。他緊緊握住魚竿，一邊吃著三明治，一邊想著棒球的事。

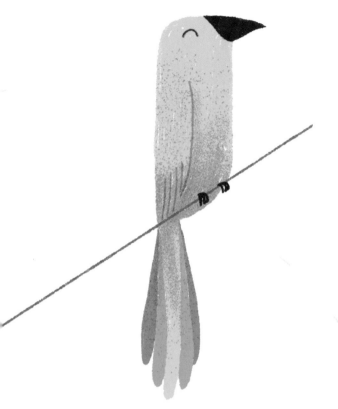

到了早上，聖狄雅各已經累壞了。他整個晚上沒睡。忽然有隻小鳥停在魚線上，聖狄雅各很開心來了個同伴。

他對小鳥說：「看到你真好，小夥伴。如果你累了，可以飛去我家、待在那兒。」小鳥似乎認為這是個好主意，因為牠真的飛走了。

突然，大旗魚跳出水面，濺起好大的**水花**。

哇！這是聖狄雅各一生中看過最大、最漂亮的魚。

夜晚再度來臨，聖狄雅各坐在船裡看星星，想像它們是住在遠方的朋友。他也把那條旗魚當成朋友。如今，旗魚也累了，只能拖著他，緩慢的游著。

一架飛機劃過天空，聖狄雅各很好奇，它要飛往世界的哪個角落。

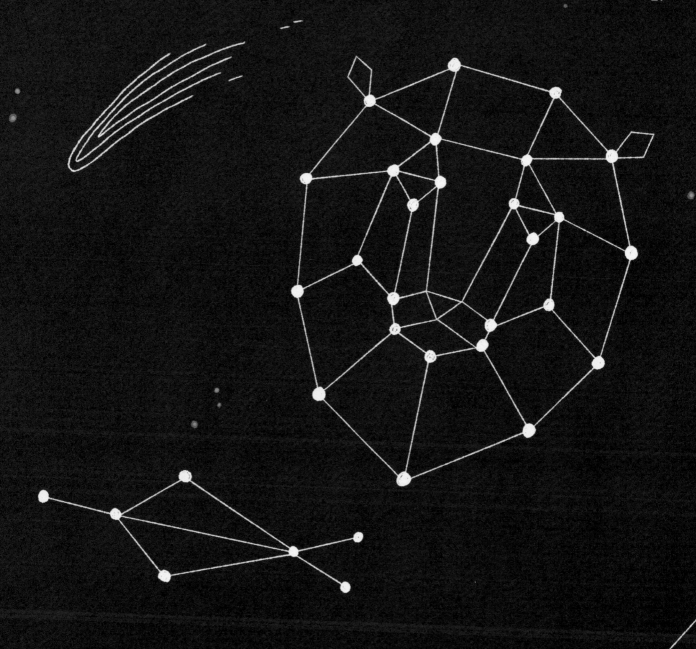

聖狄雅各希望大旗魚能睡一覺，這樣他也能睡一會
兒，去夢裡看看，小時候在非洲海岸見過的獅子。

到了早上，聖狄雅各和大旗魚都累慘了。

他試著拉一下魚線，突然旗魚又跳出水面。

沒錯，真的是好棒的一條大魚！

聖狄雅各不斷收回魚線，直到大旗魚貼近小船。人和魚互相看著對方。聖狄雅各說：「我很抱歉把你釣起來。」大旗魚點點頭，彷彿在說，

「沒關係，畢竟你是一個漁夫。」

聖狄雅各把大旗魚綁在小船邊。可是牠實在太大了，
比船身都還長呢！聖狄雅各喃喃說著：「如果沒讓他
們親眼看到，沒有人會相信有這麼大的魚。」

他開始往海岸的方向划。不過，距離實在太遠了，
從他現在所在的地方，根本看不到岸。

突然，小船被用力拉了一下。聖狄雅各往下看，發現海裡有一隻鯊魚。鯊魚最愛吃旗魚這種大魚，而且這隻鯊魚非常、非常飢餓。聖狄雅各試著趕開鯊魚，他說：「這是我的魚！」可是這隻鯊魚太餓了，牠還是吃了旗魚。接著其他鯊魚也來了，牠們也想吃一口旗魚。

喔，不，牠們吃掉了整條魚！

如今，聖狄雅各很後悔釣到那條魚。他對自己說：
「我不應該划到這麼遠的地方！」可是他現在沒有
別的選擇，只能回家。雖然聖狄雅各累壞了、手又
痛，可是他仍然揚起帆，把船頭調往海岸的方向。

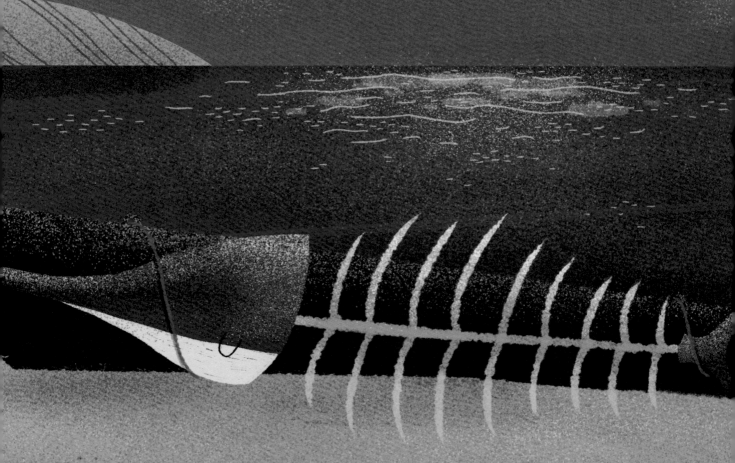

終於，他回到了岸邊。夜很深，所有人都上床
休息了，沒人能幫他。他覺得很難過，如今大
旗魚只剩下魚骨頭。「這是我釣過最大的魚，
可是只剩這些骨頭能證明。」

失去大魚的聖狄雅各，既失望又疲累的走回小
屋、爬上床，沉沉睡去。

隔天早上，所有來到海邊的漁夫，都圍在聖狄雅各
的小船旁。小船邊綁著大旗魚的魚骨。

「哇，好大、好棒的魚！」他們紛紛說：「從來沒
見過這麼大的魚！」

「聖狄雅各終究還是一位偉大的漁夫！」

曼諾林爬上山坡，來到聖狄雅各的小屋。他耐心的
等聖狄雅各醒來，然後遞給他一杯熱騰騰的咖啡。

「你釣到的魚好大！鎮上所有人都在讚美你。」曼諾林對聖狄雅各說：「我要再跟你一起去釣魚。你要教我所有你會的事！」

聖狄雅各答應了，因為他很想念有小男孩的陪伴。然後，他又睡著了，這次還夢見了獅子。

趣讀這一趟堅毅的旅程 Analysis

《老人與海》是一個關於人和自然對抗，而且絕不放棄的故事。就算再疲累、再飢餓、覺得支撐不下去的時候，我們還是要對自己有信心。漁夫聖狄雅各連續八十四天都沒釣到一條魚，可是他並沒放棄，他繼續出海釣魚。而那條被他釣到的大旗魚，同樣也沒放棄，一直奮力想要掙脫。

海明威想說的是，當命運投來一記曲球（意思是生命裡有些事不照計畫來），這時，最重要的不是結果，而是我們要盡

一切努力。聖狄雅各的大旗魚被飢餓的鯊魚吃了，可是他並沒輸。聖狄雅各說：「人不是為失敗而生的。」就像這位有智慧的老漁夫，如果你能堅持奮鬥到底，不管結果如何，你都是一位**勇敢、光榮的勝利者**。

趣讀人物 Main Characters

聖狄雅各
Santiago

一位住在古巴的老漁夫。他很沮喪，因為他很久都沒釣到魚，可是他的好運即將來臨。

曼諾林
Manolin

小男孩是聖狄雅各最要好的朋友。每天早上,他都會幫聖狄雅各拿魚竿和準備咖啡。他們最愛一起聊棒球和釣魚。

旗魚
Marlin

聖狄雅各釣到的最大一條魚。牠住在遙遠的海裡,是一個偉大的鬥士。

趣讀 關鍵詞 Key Words

鯊魚 Sharks

游得很快的魚，遍布於世界各地海洋當中。牠們有尖銳的大牙，胃口也非常大。牠們是地球上最古老的生物之一。

古巴 Cuba

加勒比海的一個熱帶島嶼，島上的人說西班牙話。聖狄雅各和曼諾林就住在那裡。

漁船 Fishing Boat

出海捕魚的船。聖狄雅各的漁船是木造的。

海龜 Sea Turtle

住在海裡的大爬蟲類，有堅硬
的龜殼和幫助游泳的腳蹼。

飛魚 Flying Fish

一種魚，魚鰭很像翅膀。牠能
在水面上滑行很遠，幾乎跟鳥
一樣。

獅子 Lions

生活在非洲的大型野生貓科動物。故事
裡的獅子，是聖狄雅各的童年記憶。

趣讀 難忘情節 Quiz Questions

聖狄雅各的工作是什麼？
A. 捕魚
B. 開飛機
C. 烤餅乾

聖狄雅各有一個小夥伴，他的名字是？
A. 曼多林
B. 曼波林
C. 曼諾林

聖狄雅各釣到了哪種魚？
A. 飛魚
B. 旗魚
C. 鯊魚

聖狄雅各釣到的魚後來怎麼了？
A. 被聖狄雅各吃了
B. 逃走了
C. 被鯊魚吃了

聖狄雅各夢見了哪種動物？

A. 斑馬

B. 獅子

C. 長頸鹿

聖狄雅各住在哪裡？

A. 波多黎各

B. 加州

C. 古巴

聖狄雅各連續幾天沒釣到魚？

A. 八十四

B. 十二

C. 一百

聖狄雅各喜歡哪種運動？

A. 下棋

B. 棒球

C. 足球